Horror, humor & quadrinhos

as vítimas do mico contra o trio do terror

Para Marcos, Priscila, Lucas e Janaina.

A autora agradece aos alunos da Escola Maria Imaculada (Chapel) pelas ótimas ideias!

Horror, humor & quadrinhos – as vítimas do mico contra o trio do terror

Gerente editorial	Claudia Morales
Editora	Lavínia Fávero
Editora-assistente	Elza Mendes
Preparadora	Elza Mendes
Diagramador	Claudemir Camargo
Coordenadora de revisão	Ivany Picasso Batista
Revisora	Alessandra Miranda de Sá
Coordenadora de arte	Soraia Scarpa
Edição eletrônica de imagens	Cesar Wolf/Fernanda Crevin
Ilustração de capa	Rodrigo Okuyama

CIP-BRASIL. CATALOGAÇÃO NA FONTE
SINDICATO NACIONAL DOS EDITORES DE LIVROS, RJ

P949h

Prieto, Heloisa, 1954-
Horror, humor & quadrinhos : as vítimas do mico contra o trio do terror / Heloisa Prieto ; ilustrações Rodrigo Okuyama. - 1.ed. - São Paulo : Ática, 2011.
48p. : il. - (Heloisa Prieto)

ISBN 978-85-08-14670-3

1. Assédio nas escolas - Literatura infantojuvenil. 2. Violência na escola - Literatura infantojuvenil. 3. Literatura infantojuvenil brasileira. I. Okuyama, Rodrigo. II. Título. III. Série.

11-2258. CDD: 028.5
CDU 087.5

ISBN 978 85 08 14670-3 (aluno)
ISBN 978 85 08 14671-0 (professor)
Código da obra CL 737321
CAE: 263497

2017
1ª edição
8ª impressão
Impressão e acabamento: Bercrom Gráfica e Editora

Avenida das Nações Unidas, 7221 – CEP 05425-902 – São Paulo, SP
Atendimento ao cliente: 4003-3061 – atendimento@aticascipione.com.br
www.aticascipione.com.br

MISTO
Papel produzido a partir de fontes responsáveis
FSC® C122026

Horror, humor & quadrinhos

as vítimas do mico contra o trio do terror

Heloisa Prieto

Ilustrações

Rodrigo Okuyama

editora ática

VAMPIREV

Sumário

O Mestre dos Contrários

As cartas estavam marcadas. Alguém tinha que pagar o mico. E o preço seria bem alto...

Naquela tarde de inverno, no fundo do parque da escola, Biel, Lara e Guimão sentaram-se atrás da quadra para a partida fatal. Primeiro trocaram olhares, depois embaralharam cuidadosamente as cartas. Por fim, cumprimentaram Martim, o escolhido, a vítima da hora.

Bem, quem já jogou mico sabe que as regras são simples: três participantes usam um baralho com bichos. As cartas não têm número ou valor. O objetivo é ficar sem cartas na mão, fazendo a maior quantidade de pares possível. Quem ficar sem par será o dono do mico. O macaco vencido.

– Eu vou ser o carteador – disse Biel, olhando para baixo, tentando disfarçar a traição previamente combinada entre os três.

Agora, de pé, Lara só assistia ao jogo – ou peruava, como diziam na escola. Na verdade, a garota também emitia sinais aos dois companheiros de trapaça: Biel e Guimão.

Martim, contente por ter sido convidado a participar do jogo, ele que era um garoto mais tímido, calado e atrapalhado – e por isso deixado de lado e às vezes motivo de gozação dos colegas –, ocupou seu lugar e aguardou.

Por que alguém decide trapacear e humilhar um colega? Há explicações?

Se elas existem, não me interessam. Naquela tarde, preocupado com meu protegido, eu tentava acompanhar Martim por toda parte. Vi quando Guimão teve a ideia de humilhá-lo. Assisti à conversa que houve entre ele, Lara e Biel, planejando uma situação na qual Martim teria que pagar o maior mico. Portanto eu sabia qual seria o castigo e, infelizmente, ele era mesmo horrível...

Lara apoiou-se no murinho e cruzou as pernas, sorrindo. Dez anos era sua idade. Tão pequenina ainda. A certeza de seu sorriso e caminhar cativantes – seu domínio sobre os meninos era evidente – conferia à garota um poder que ela exercia com certa crueldade.

Guimão, por sua vez, exibia a arrogância de quem sempre desfrutou de excelente saúde, porte atlético e força muscular. Vitórias em todos os esportes que a escola oferecia o levaram a se considerar uma espécie de semideus.

Finalmente, Biel. O ás da matemática. Aluno brilhante em todas as matérias de exatas, o preferido das professoras, elogiado em público pela coordenação da escola.

O que estavam fazendo ali?

A beleza, ao lado da força, unida à inteligência. A combinação poderia ter gerado um trio de super-heróis em defesa dos fracos e oprimidos.

Que nada!

– Anda, Martim – disse Biel –, você está lento na hora de jogar.

– É isso mesmo! Jogar mico é a coisa mais fácil do mundo. O legal é ir trocando as cartas a jato, pra ficar mais divertido – insistiu Lara.

Martim não era especialmente forte, a beleza de seu rosto era diferente, e sua inteligência, embora assombrosa, percorria caminhos inesperados, portanto, nem sempre era bem compreendida.

Para complicar, Martim vivia em outro mundo. Um lugar que só ele parecia ver, impossível de compartilhar. Um lugar que os outros garotos sentiam, mas cuja porta de entrada lhes escapava. Um lugar que talvez inspirasse um pouco de temor, por ser oculto. Ou, quem sabe, pode ser que Lara, Guimão e Biel, de algum modo, sentissem minha presença.

Quem sou eu? Meu nome é Reflex (e não venha me dizer que parece nome de remédio...). Sou o Mestre dos Contrários. O senhor absoluto de todas as criaturas imaginárias. Habito espelhos, vidros, todos os reflexos. Diante de um espelho, olhe no fundo do seu olho e ali me encontrará!

AH!

Meu grande senhor e jovem amigo é Martim, o mestre criador de universos. Eu, Reflex, domino figuras donas de forças lendárias, os famosos Vampirex e Vultrex. Evito invocá-los, mas há ocasiões em que isso se faz absolutamente necessário.

Seria esta uma delas?

A trapaça começara na saída da escola, há dois dias. Biel, Lara e Guimão tinham arquitetado o plano no estacionamento. Eu observei tudo de dentro do espelho retrovisor da perua escolar.

– Você não reparou que, de uns tempos pra cá, o Martim tá se achando? – indagou Biel.

– Você tá é mordido porque ele foi muito bem na prova de matemática.

– Tá louca, Lara? – contestou Biel, olhando para o chão.

– Pra dizer a verdade, eu também ando irritado com ele – afirmou Guimão.

– Mas ele não pode competir com você nos esportes.

– Eu não gostei quando ele ganhou de mim no campeonato de xadrez. A Julinha disse que sou bom na corrida das pernas e lerdo na corrida da cabeça. Ela ficou conversando só com o Martim depois disso.

– Tá com ciúme da Julinha, é? – perguntou Lara.

– Que eu saiba, quem não gosta da Julinha é você! – alfinetou Biel.

– É que ela se acha... – disse Lara e sugeriu:

– Que tal se a gente desse só uma aprontadinha com o Martim? Assim, tipo, usando o garoto de exemplo, todo mundo vai voltar a ver que a gente não tá de brincadeira. O Martim, a

Julinha, todo mundo... Não que eu tenha perdido prestígio, claro, mas é sempre bom garantir.

– Eu quero dar uma lição nele, sim, mesmo que não adiante nada. Só pra sair do tédio – disse Guimão. – A escola tá chata, sempre igual.

– Eu topo! – afirmou Biel. – A gente anda sem nada pra fazer.

Os três uniram as mãos como prova do pacto. Eu, que testemunhava aquele absurdo, também fiz uma promessa secreta: virar aquele pacto do avesso, fazer tudo ao contrário e mostrar para aqueles três que perder faz parte do jogo.

No fundo da quadra, eu observava o que acontecia de dentro da poça... atchim!... de água da chuva. Bem perto do meu jovem amigo.

– Anda, Martim, o jogo está acabando, tira as últimas cartas.

O garoto calculava os pares rapidamente na cabeça. Ele sabia que algo estava errado. Talvez as cartas estivessem marcadas, talvez os pares estivessem adulterados... De qualquer modo, ele pressentia que algo ruim iria acontecer.

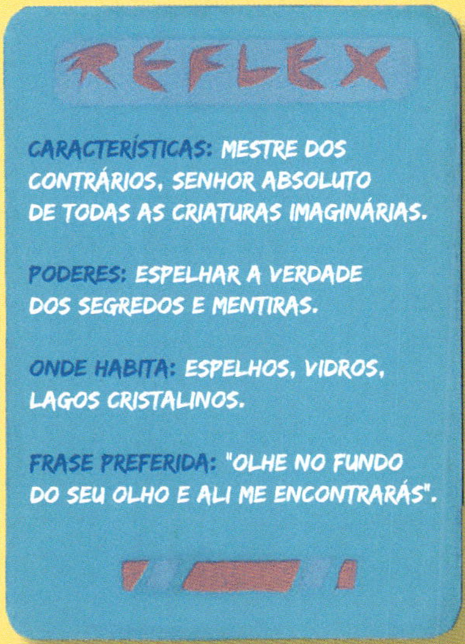

– Mico! Você ficou de mico! – começou a gritar Lara, assim que Martim perdeu o jogo.

– Martim! Olha só que derrota! – berrou Biel, feliz.

– Você vai ter que pagar a penalidade.

Martim imediatamente percebeu a trapaça. Jogou a carta no chão e tentou sair voando dali.

Tarde demais.

Guimão prendeu seus braços. Lara correu e abriu a porta do banheiro feminino. Ele o empurrou para dentro. Colocaram no Martim uma máscara de macaco e um colar de papel higiênico e o obrigaram a se sentar na tampa da privada. Atrás dela, na parede, havia um grande cartaz onde se lia:

O REI
DO
MICO
SENTADO
NO
TRONO!

– É agora que você vai pagar mico, Martim! A gente vai mandar sua foto pro mundo inteiro! – ameaçou Biel, com a câmara digital na mão.

– Este, sim, será o maior mico do mundo! – disse Guimão, rindo.

– Quero só ver a cara da Julinha, que tem preferido andar com você e não com a gente. Agora ela vai é pagar um mico daqueles! Vai ser muito divertido...

Minha indignação cresceu.

MICO
SENTADO

Martim estava tão espantado com a atitude dos colegas que não conseguia entender nada. Quando muito protestar. O olhar do meu protegido simplesmente ficou sombrio. Ele se debateu, tentando se libertar de Guimão, que apertava seus braços com força. O que não impediu Martim de lhe acertar um chute na canela. Guimão reagiu dando-lhe um chacoalhão. No lugar de tentar apaziguá-los, Lara deu um tapa, de leve, no rosto de Martim. Assim que Biel avançou na direção do meu jovem amigo, entrei em ação.

Quando o primeiro espelho da parede do banheiro estourou, Guimão soltou os braços de Martim. O segundo se estilhaçou com tanta rapidez que Lara teve que se abaixar para não ser atingida. O terceiro espelho apresentou uma única rachadura...

Eu sabia que isso os atrairia para mim.

– O que é isso? – gritou Guimão.

– Você já ouviu falar da Loira do Banheiro? – perguntou Martim, dando uma risadinha de alívio.

Meu jovem amigo já tinha me avistado. Além do que, ele conhecia muito bem meus sinais. Sabia que estava sendo protegido. No lugar de se aproximar de meu reflexo, permaneceu onde estava: sentado tranquilamente.

Este é um trabalho para Vampirex, pensei. E, assim que seu nome veio à minha mente, ela surgiu. Maravilhosa. Os olhos lindos e vazios. O cabelo esvoaçante. Loiro. Transparente. O sorriso fantasmagórico.

– É ela! – gritou Guimão. – É a Loira do Banheiro, sim! Ela existe!

– Tá louco, moleque? – sussurrou Lara, nervosa. – Quero ver isso de perto.

A garota avançou na direção do reflexo. Na mesma hora, Vampirex mudou de forma.

– Loira, nada! É uma criatura horrenda, sem dentes, de cara torta. É... é... uma bruxa! Aaaaiiii... vou fugir daqui.

– Não vai não, menina! – gritou Vampirex do fundo do espelho. – É agora que eu vou pegar você!

Vampirex assumiu a forma de névoa e saiu do fundo do espelho. Enrolou-se na cabeça de Lara. Os cabelos da menina espicharam para cima enquanto as mãos diáfanas da vampira rodearam seu pescoço:

– Vou sugar tudinho!

Biel e Guimão correram para acudir a companheira. Mas as mãos de Vampirex não podiam ser atingidas por seres humanos.

A garota gritava sem parar:

– Socorro! A bruxa tá me atacando! Me ajudem! Socorro!

Martim ria até doer a barriga.

Preciso confessar que eu também estava achando aquilo tudo bem engraçado. E o episódio dessa aventura teria sido bem-sucedido, não fosse a porta da frente do banheiro ter se aberto subitamente.

– Que história é essa?

Era Sônia, a diretora.

– O que foi que aconteceu com esses espelhos todos? Por que essa gritaria?

Infelizmente, o trio de amigos foi mais rápido que Martim. Ainda distraído pela cena de seu salvamento, ele demorou a responder. E sua hesitação momentânea custou caro.

– A culpa é do Martim! – gritaram os três em conjunto, apontando para a porta do banheiro e ao mesmo tempo buscando com os olhos, ainda atônitos, os seres estranhos, já desaparecidos.

Sônia escancarou a porta e deu com Martim fantasiado de macaco, um cartaz maluco logo acima da cabeça, ainda às gargalhadas.

– Todos para minha sala – ela declarou, indignada.

– Ma... mas... – tentou dizer Martim.

– Eu não quero ouvir nada! Quero todo mundo de bico calado. Venham já para minha sala!

A porta do banheiro se fechou.

Vampirex voltou para o reflexo do espelho partido ao meio. E eu perdi contato com meu protegido. Tudo o que ocorreu depois só vim a saber quando já era tarde demais...

O Senhor do Oculto

Toda pegada deixa rastros, mesmo que invisíveis a olho nu. Cada decisão, cada emoção também. Aos corpos humanos pertencem as sombras. Poucos, no entanto, percebem que sombras têm vida própria. Quando elas se libertam, transportam-se e geram mais formas, independentes de corpos ou seres, passando a habitar os meus territórios sombrios.

Meu nome é Vultrex. Domino tudo aquilo que se tenta esconder: memórias, segredos e desejos, guardados e perdidos.

Ninguém, jamais, pode me enganar e, se você tentar, eu já aviso: vou iluminar suas sombras!

Quem sente minha presença sutil é capaz de perceber quando passo pelas frestas das portas, me esgueiro debaixo das camas, me oculto no fundo dos armários…

Sou temido pelos mentirosos e amado pelos corações sinceros. Capaz de ver além das meras aparências, nunca me engano com as pessoas. Por isso, quando Martim, meu protegido, foi levado apressadamente para a sala da diretora da escola, percebi logo que precisava entrar em ação, antes que o chato do Reflex me convocasse.

A comitiva atravessava os corredores: Lara, a atrevida; Guimão, o prepotente; Biel, o convencido; Martim, o esquisito; e Sônia, a furiosa. Os três riam baixinho, já esquecidos do acontecido no ba-

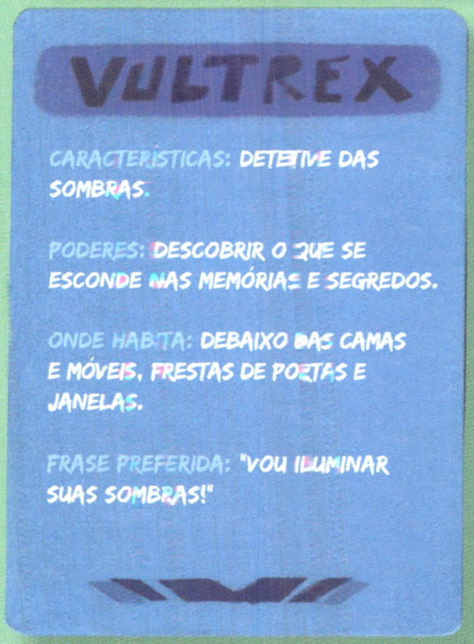

nheiro, unidos por uma maligna cumplicidade.

– Não é que ele vai mesmo pagar o maior mico? – sussurrou Lara.

Martim estava perplexo.

O convite para jogar baralho na quadra, que ele havia interpretado como um gesto de amizade, na verdade teria resultados trágicos. Decepcionado, ele se sentia ao mesmo tempo ridículo e injustiçado, com a máscara de macaco e o colar de papel higiênico presos no pescoço, a roupa rasgada pelas tentativas de se libertar de Guimão, o rosto desfigurado pela mágoa.

Os outros alunos da escola observavam a caminhada do grupo e fofocavam entre si. É lógico que o malfalado seria o diferente, Martim, o garoto de criatividade anormal, embora os verdadeiros responsáveis pela confusão fossem o trio do sucesso escolar: a garota vistosa, o menino cerebral e o campeão de todas as competições esportivas.

Bem, assim seria se não existíssemos. Eu, Vultrex, o Senhor do Oculto; Vampirex, a Perita em Metamorfoses; e Reflex, o Mestre dos Contrários. Embora esses dois últimos dependam das superfícies espelhadas para entrar em ação, eu, Vultrex, posso me esgueirar por onde bem desejar.

Sônia, a diretora, chamou os garotos, mandou que sentassem nas cadeiras diante de sua mesa e fechou a porta da diretoria, ante os olhares curiosos de vários colegas dos meninos.

– Martim! – vociferou ela –, como foi que você, com 9 anos de idade, tão magrinho, quebrou todos aqueles espelhos? Você não sabe que cometeu um ato de vandalismo?

– Ma... mas... – tentou protestar o garoto.

– É claro que desejo ouvir todas as versões – ela prosseguiu. – Contudo, seus amigos aqui presentes, Lara, Guimão e Biel, tinham a aparência assustada, ao passo que você, Martim, foi encontrado às gargalhadas, fantasiado de mico, sentado na tampa da privada do banheiro feminino.

– Eu fui... só... uma... ví... ví... vítima – gaguejou ele.

– Nunca vi uma vítima tão feliz! – exclamou Sônia. – A mais satisfeita do mundo! Você não percebe que poderia ter ferido seus colegas?

Unidos, fingindo sentir medo, os três riam às escondidas, enquanto a diretora falava sem parar:

– A escola é o espaço para o aprendizado da responsabilidade. Vou invocar o Conselho Escolar. Nesse momento, pelo menos, estou até pensando que se trate de um caso de suspensão, Martim!

Talvez tenha sido a palavra "invocar" ou a dor de ver meu mestre sendo injustiçado. Ou ambas as coisas. De qualquer modo, eu, que aguardava o momento certo de agir, ouvi o comando vindo da mente de Martim.

"Vultrex! Invoco seus poderes! Venha em meu socorro! Agora, por favor!"

E foi exatamente o que fiz.

Sônia precisava apanhar a lista de telefones dos pais de alunos dentro do armário. Enquanto os meninos esperavam sentados diante da mesa, infiltrei-me no fundo escuro do armário. A diretora destrancou a porta e enfiou a mão para tatear as pastas. Imediatamente, me transformei em sombra e subi até o cotovelo dela, deixando um rastro de vento gelado. Ela sentiu um arrepio. Recolheu o braço. Aumentei as sombras dentro do armário para que não enxergasse a pasta da lista. Sônia então enfiou a cabeça dentro do armário. Foi aí que entrei em seus pensamentos.

Vi quando a grande diretora era pequenina ainda. A mãe dela, uma pintora muito criativa e um tanto esquecida, não se lembrou, um dia, de buscá-la na escola. Sônia pequenina, sentadinha na soleira da porta.

No minuto seguinte, tentei mudar o canal de suas lembranças. Fiz com que se recordasse das belas pinturas da mãe. Dos momentos em que preparava as tintas e cantarolava sorrindo. Uma mãe tão bonita... Tão diferente de todas as outras... Tão parecida com esse esquisito do Martim...

– Martim – disse ela, virando-se subitamente para o menino –, pensando melhor, vou dar a você uma segunda chance. Volte para a aula... Mas, lembre-se, esta é a única oportunidade. Se eu souber de outra atitude esquisita de sua parte, juro que chamo seus pais!

Mais tarde, na cantina, ainda decepcionados com o castigo que Martim não levara, Biel, Guimão e Lara comentavam entre si:

– Será que essa comida me fez mal? Será que foi tudo alucinação?

– Será que os espelhos quebraram sozinhos?

– Não, deve ter sido o calor. Eu já vi isso acontecer com um espelho de carro.

– Deve haver alguma explicação científica.

– Será?

– Pois é…

– Não sei, não…

– Uma vez, minha mãe disse assim: há mais mistérios entre o céu e a terra do que explica a vã filosofia...

– Nossa, que frase difícil...

– E que dá medo...

– Melhor não falar mais nesse assunto.

– É, melhor colocar um ponto final.

– Final mesmo!

Infelizmente, mesmo que os meninos desejassem o fim, a aventura estava apenas começando...

VAMPIREX

A Perita em Metamorfoses

Sou uma vampira diferente.

Não sugo sangue – para ser sincera, eu odeio sangue... Argh! – e jamais tiraria uma vida.

Vivo à luz do dia.

O alho não me fere, as estacas também não.

Os espelhos refletem a minha imagem. Entro e saio deles sempre que desejo.

Sugo a tristeza, a melancolia, o ódio, o ciúme e a inveja. Talvez eu seja uma antivampira. Não. Não posso ser antivampira porque sou filha de vampiros de verdade. Vamos dizer que sou uma vampira do bem, como escreveu Martim na camiseta que às vezes uso nas aventuras que ele cria.

Sim, você já deve ter adivinhado. Exatamente como Reflex e Vultrex, sou fruto dos poderes criativos do menino inventor dos universos mágicos.

Mas o que você não poderia saber, pois nem sequer meu criador desconfia, é que já habito outras cabeças...

Consegui saltar para outra imaginação durante uma aula de arte. Julinha, a melhor amiga de Martim, sentou-se ao lado dele na hora da pintura. No momento em que meu pequeno mestre saiu para pegar mais tinta, Julia reparou no caderno de desenhos dele saindo da mochila. Ela não aguentou: abriu o caderno e folheou rapidamente. Lá estava eu: Vampirex. A grande protagonista das HHQs (Horror, humor & quadrinhos).

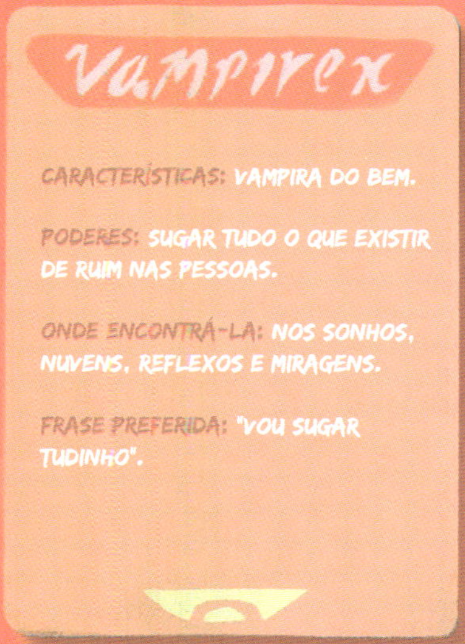

Assim que Martim voltou, Julinha perguntou, com ar inocente:

– Você gosta de histórias de vampiro, Martim?

– Eu? – disfarçou ele. – De onde foi que você tirou essa ideia?

Julinha não insistiu. Ela conhecia muito bem seu amigo. Se ela o obrigasse a mostrar os desenhos, ele os esconderia para sempre.

Eu, Vampirex, também sabia dessa estranha mania de meu pequeno mestre. Desenhar e esconder. Guardar tudo no fundo do armário. Manter segredos que apenas nós, os frutos de sua imaginação, conseguíamos compartilhar.

Julinha era uma amiga verdadeira e leal. Percebi que ela ficou decepcionada quando Martim lhe ocultou os desenhos. Tive vontade de saltar para fora do caderno e sugar de Martim a timidez, o medo, aquela maluquice. Acontece que ele era meu mestre. Eu teria que me submeter aos desenhos de seu lápis, aos contornos de sua imaginação. Foi então que eu tive, modéstia à parte, uma ideia brilhante.

– Vultrex, Reflex, me ajudem – eu pedi. – Precisamos entrar na cabeça da Julinha.

Imediatamente, Vultrex formou uma sombra na janela. Martim virou o rosto para vê-la. Reflex emitiu um reflexo de luz de dentro do caderno. Julinha também virou o rosto. Martim, atordoado pelas sombras de Vultrex, deixou o caderno cair no chão. As páginas abertas. Julinha abaixou para apanhá-lo. Foi quando nos encontramos oficialmente pela primeira vez.

Daquele momento em diante, Julinha não parou de me imaginar. Desenhava a minha imagem nos cadernos, nos papéis soltos que encontrava pela sala, em qualquer lugar. Uma coisa boa é que ela nunca me pintou de vermelho, essa cor me dá enjoo, argh!

Na hora do lanche, na cantina, ela me desenhou no guardanapo. Antes que ela o dobrasse e guardasse, Martim reparou no desenho da amiga.

– Vampirex! Que legal, Julinha, você está desenhando minha personagem!

– Você não ficou bravo?

– Eu adorei! É muito legal o jeito que você desenha! Ela é minha vampira e, ao mesmo tempo, não é...

Feliz, Julinha contou do dia em que vira os quadrinhos na mochila e de quando ele deixara cair o caderno aberto.

– Então você conhece o meu grande segredo! – ele comentou, um pouco tímido.

– Posso continuar desenhando?

– E se a gente desenhasse junto? – perguntou Martim, animado.

A partir desse dia, nosso trio – Vultrex, Vampirex e Reflex – passou a habitar duas cabeças. Duas cabeças que logo criaram muitas histórias geniais.

Com os heróis: Tim, o mestre da magia, e Juliana, a companheira da esperteza. Com os vilões: Gagui, o gênio; Guismo, o fortão; e Lora, a convencida. E os superaliados: Vultrex, Reflex e Vampirex.

O TREM-FANTASMA
HISTÓRIA & DESENHOS
MARTIM & JULINHA
uho!
VAMOS REVER O PLANO MAIS UMA VEZ!!
ISSO JÁ CANSOU MINHA BELEZA, GAGUI!
aiai
VAMOS LOGO PREGAR ESTA PEÇA!
NO TREM-FANTASMA FINGIREMOS MEDO PARA ASSUSTAR O TIM E A JULIANA. SERÁ DEMAIS! HÁ HÁ HÁ!
háháhá!!

JULIANA, ESTOU LOUCO PRA ANDAR NO TREM--FANTASMA. É O MELHOR BRINQUEDO DE TODOS!
MAS, TIM, VOCÊ ESTÁ MUITO SOSSEGADO! NÃO ACHOU ESTRANHO ESSE CONVITE, NÃO?!
O TRIO DO TERROR JÁ CHATEOU VOCÊ VÁRIAS VEZES, NÃO?
BEM, PODE SER UMA DEMONSTRAÇÃO DE QUE ELES ESTÃO ARREPENDIDOS. EU TENHO QUE IR, NÉ?
É MESMO... OK. VAMOS LÁ, TIM!
he he... uho
TREM

RIP
aiê
SOCORRO
É REALMENTE ASSUSTADOR!!!!
CALMA! VOU CHAMAR MEUS AMIGOS!
EU VOS INVOCO!!!

VULTREX
SE TRANSFORMA EM
LUX
...sugue o medo!
VAMPIREX
E
REFLEX
REFLEX, PODERIA PAGAR AS PIZZAS?
SIM!
QUE LEGAL!
HUMM
fim

HQ para todos

A dupla Julinha e Martim ficou famosa na escola. Embora Martim sempre reclamasse, Julinha acabava mostrando aos colegas as histórias que ambos criavam. As crianças se divertiam muito, menos, é claro, Biel, Lara e Guimão. Mesmo que não admitissem isso nunca, sabiam que tinham inspirado os três vilões protagonistas de todas as aventuras. Muito menos queriam reconhecer que o feitiço tinha virado contra o feiticeiro, e agora andavam à procura de novas vítimas.

Ao mesmo tempo, nosso trio de poderosos, Vultrex, Vampirex e eu, Reflex (não é nome de remédio!), foi ficando cada vez mais forte, alimentado pela imaginação de todos esses novos leitores.

Tudo teria continuado assim, não fosse a chegada de uma nova aluna. Paola era uma menina que já tinha morado em diversos países. Aos 10 anos falava inglês, alemão, italiano e um pouco de francês.

Mesmo tendo viajado pelo mundo, Paola precisava aprender as regras dessa escola em especial. Queria fazer amigos e não sabia muito bem como. Gostava de falar de suas viagens, mas não queria parecer diferente do resto da classe.

Resultado 1: na maior parte do tempo, ela ficava isolada.

Resultado 2: logo ela passou a ser a nova vítima de Biel, Lara e Guimão.

Certa manhã de muito calor, Paola aguardava a vez na fila para o bebedouro. Foi logo após a aula de educação física. Todos estavam morrendo de sede e, querendo ser gentil e conquistar amigos, ela ia dando sua vez para todos que chegavam, sem nunca saciar a própria sede.

Biel, Lara e Guimão, só para provocar, revezavam-se na fila à frente da menina e faziam hora, de modo que ela não conseguisse chegar ao bebedouro.

Martim e Julinha logo repararam no estratagema.

– Que crueldade! – disse Julinha. – Agora que não nos perseguem mais, pegaram a Paola pra ficar de mico.

– E se a gente ajudasse? – propôs Martim.

Dito e feito.

Evocando a ajuda dos amigos imaginários, Martim e Julinha postaram-se na frente do trio, cadernos na mão, as canetas em riste, como se fossem armas letais. Martim havia se transformado. Era como se o poder de um dos seres por ele imaginado agora fizesse parte de sua personalidade.

– E aí, Biel, Guimão e Lara? – ele perguntou. – Vocês vão querer que a gente invente mais histórias com vocês? Só que, no lugar de usar nomes falsos, vamos revelar, pra escola inteira, de quem se trata de verdade.

Bem, Guimão, Biel e Lara já andavam bem chateados com os comentários de alguns dos colegas, desconfiados de serem eles os

personagens das HHQs que circulavam. Se as piadas por conta das histórias se espalhassem, o prestígio deles iria por água abaixo. Difícil encontrar quem intimidar depois disso...

Sem responder nada, os três se afastaram em silêncio. Julinha pediu a Paola que bebesse sua água com calma, e uma nova e boa amizade teve início.

Vampirex, que assistia à cena, sussurrou para mim que aquela garota era bem especial. Ela não trazia nenhuma maldadezinha a ser sugada (e não gostava de vermelho).

Vultrex acrescentou que ela tinha bons sonhos e recordações – e não era mandona como certos personagens...

Não sei o que ele quis dizer com isso.

E eu, Reflex, emiti, por meio da água... atchim!..., uma bela luminosidade multicolorida para que ela se sentisse ainda mais feliz.

Foi assim que o trio do terror teve como adversário um novo trio igualmente forte: Martim, Paola e Julinha, as antigas vítimas do mico.

Paola colecionava histórias em quadrinhos de todos os países por onde tinha passado. E certa manhã, na escola, ela reuniu não só o trio como vários outros colegas, para lhes mostrar as HQs de várias partes do mundo. Foi um recreio bem diferente, com muita conversa animada.

Ao assistir à cena, Sônia, a diretora, teve três ideias:

1 – fundar uma gibiteca na escola;

2 – organizar uma oficina de histórias em quadrinhos para todos os que quisessem criar aventuras e personagens;

3 – antes disso, Sônia sugeriu que a turma pesquisasse sobre como surgiram as HQs, quem as criou, onde, quando e coisas assim.

E deu muito certo, lógico. Veja só o que a turma descobriu e expôs:

BREVE HISTÓRIA DOS QUADRINHOS

Embora tenha havido várias tiras de histórias antes, inclusive no Brasil, THE YELLOW KID (O Menino Amarelo) é tido como o pioneiro das histórias em quadrinhos no mundo. Criado em 1894 pelo norte-americano R. F. Outcault, foi o primeiro personagem a ter suas falas em balões e a circular semanalmente, colorido, em um grande jornal.

Pela alta qualidade dos desenhos, as tiras da série **LITTLE NEMO**, criado pelo norte-americano Winsor McKay, tiveram muita influência no mundo das HQs. De 1905 a 1911, foram publicadas aos domingos no principal jornal de Nova York. McKay é considerado o primeiro grande mestre dos quadrinhos.

No Brasil, as primeiras HQs foram criadas por Angelo Agostini, em 1869, que lançou os personagens **NHÔ-QUIM** e **ZÉ CAIPORA**.

A primeira revista brasileira a publicar quadrinhos feitos por artistas nacionais foi a **TICO TICO**, que surgiu em 1905 e durou até 1960.

Em 1939, foi lançada uma revista semanal com histórias estrangeiras adaptadas e desenhadas por artistas brasileiros, chamada **GIBI** - gíria que na época significava "moleque" e que acabou virando sinônimo de revista em quadrinhos.

O italiano *EUGENIO COLONNESE* (1929-2008) é considerado um dos mestres dos quadrinhos brasileiros, porque viveu no Brasil por mais de 40 anos. Ele influenciou e formou muitos artistas e ajudou a desenvolver um gênero que, nos anos 1960, era um dos mais populares: os quadrinhos de horror.

O **BRASIL** tem um monte de quadrinistas incríveis: Laerte, Fernando Gonsales, Angeli, Adão, Glauco, Mauricio de Sousa, Luiz Gê, a dupla Fábio Moon e Gabriel Bá, Rafael Grampá, César Lobo, Jaca, Lourenço Mutarelli, Marcello Quintanilha, Rodolfo Uzalla, Rodrigo Rosa...

COMO SÃO CHAMADAS AS HQs MUNDO AFORA

ARGENTINA: historietas
ESTADOS UNIDOS: comics
PORTUGAL: banda desenhada (BD)
FRANÇA: bande dessinée (BD)

E foi desse modo que eu, Reflex (que nome!), acompanhado de meu grande companheiro Vultrex e de nossa poderosa aliada Vampirex chegamos até você, meu leitor.

Para que nossa história nunca termine, aqui vai o convite de nossos criadores:

CAROS LEITORES,

SERÁ QUE OS IMAGINAMOS OU FORAM ELES QUE INVADIRAM NOSSA CABEÇA? SÓ DÁ PRA DESCOBRIR CRIANDO... LEIA A PRÓXIMA HHQ: